LE JUGEMENT DERNIER.

.... Fletus et stridor dentium,

PAR LE GRONDEUR.

A PARIS,

Chez la Citoyenne veuve GORSAS, rue neuve des Petits-Champs, N°. 741 ; et chez les Marchands de Nouveautés.

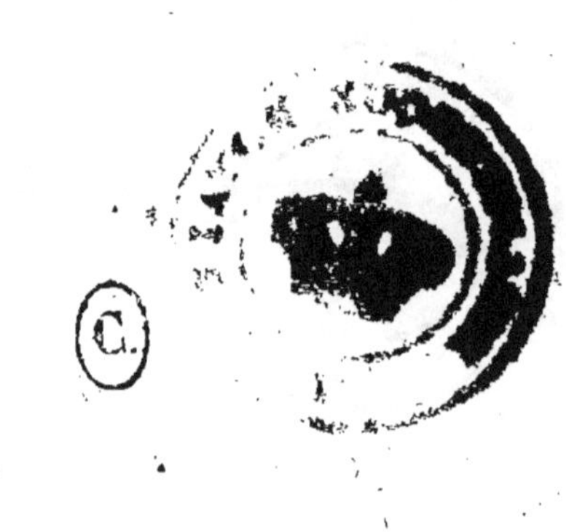

LE JUGEMENT DERNIER.

PERPENNA.

Non, je ne puis sentir approcher, sans effroi,
Le jour où le Sénat se fermera pour moi,
Le jour où je dois voir, en quittant la carrière,
Entre le peuple et moi, poser une barrière.
L'oubli de ses bienfaits, l'abus de son amour,
M'en auront donc enfin séparé sans retour !

Maintenant, je conçois comment la tyrannie
Qu'avec tant de rigueur, j'ai moi-même punie,
S'enracine dans l'homme, et lutte avec effort
Contre la liberté qui lui montre la mort,
Du pouvoir, dans mon cœur, je sens couler l'ivresse ;
Ma main veut retenir sa coupe enchanteresse.

NASICA.

Je te pénètre, ami : ton esprit ombrageux
Découvre l'avenir sous un ciel orageux ;
A de sombres terreurs ton ame abandonnée
Veut de l'autorité rester environnée,
Aux traits du repentir opposer mille efforts,
Et, par un long sommeil, s'arracher au remords.
Tu crains de rencontrer ta véritable image.
Oh ! pourquoi n'as-tu pas imité mon courage ?
Emule des bourreaux, furieux, égaré,
Esclave complaisant d'un tyran exécré,
Comme toi, du carnage arborant les bannières,
J'armai, je commandai des hordes meurtrières.
A peine eus-je quitté leurs affreux étendards,
Arrêté l'incendie, et brisé les poignards,
Que, tout-à-coup, les yeux se fermant sur mes crimes,
Je trouvai des amis dans mes propres victimes.

PERPENNA.

Crois moi ; redoute encor ceux qui t'ont pardonné ;
Le peuple, en ce moment, n'est qu'un tigre enchaîné
Qui, brûlant d'exercer la fureur qu'il nous cache,
A l'air de caresser la main qui le détache.

(5)

Terrible en son courroux, une fois ébranlé,
Il nous accablera s'il n'est pas accablé.

N A S I C A.

L'accabler ! prolonger un odieux Empire !
Opprimer son pays lorsqu'enfin il respire ;
Et d'un premier beau jour obscurcir l'horison !
Assiéger ses amis dans leur propre maison !
N'est-ce pas ajouter l'infamie à l'audace,
Et du peuple encourir l'éternelle disgrace ?

P E R P E N N A.

Ne crois pas qu'entraîné par une vaine erreur,
Je veuille t'inspirer mon trouble et ma terreur ;
Mais frémis au récit d'un songe épouvantable :
Mon nom était sorti de l'urne redoutable ;
Sur moi le sort avait à peine prononcé
Qu'on a lu son arrêt sur mon front abaissé.
L'amour-propre, à l'instant, hors du Sénat m'entraîne,
Je cache à mes rivaux et mon trouble et ma peine ;
De honte et de chagrin mon visage rempli
Accusait le hasard de l'avoir avili.
Que te dirai-je enfin ? mille horribles pensées,
Dans mon esprit troublé, se trouvent entassées.

A 3

Ma chûte, mes périls, l'état d'obscurité
Où je vais désormais cacher ma nullité,
L'avenir, des remords, des craintes éternelles;
De ce premier tableau, tels sont les traits fidèles.
Mais écoute......Soumis aux ordres du destin,
Déjà de mes foyers je suivais le chemin;
Des plaisirs et des arts j'avais quitté la reine;
Et prompt à m'éloigner des rives de la Seine,
Je fuyais un climat où mon nom détesté
Semblait, depuis long-temps, nuire à la liberté.
Tout-à-coup quel spectacle à mes yeux se présente!
Un immense désert dont l'aspect épouvante;
Quelques débris épars, des champs abandonnés,
Fixent du voyageur les regards étonnés,
Les laboureurs tremblans ont quitté ces campagnes,
Et la foudre a noirci le revers des montagnes:
Sur cet inculte sol quels fléaux ont passé!
De sang et de carnage il paraît engraissé.
Dans un sillon durci, la charrue immobile,
Dont le fer est caché sous une herbe inutile,
Semble attendre la main du fugitif colon
Pour ouvrir devant lui ce fertile sillon.

Si de nombreux corbeaux, si des hiboux nocturnes
Eveillent quelquefois les échos taciturnes,
C'est pour accroître encore et porter dans les airs
La vaste horreur qu'au loin répandent ces déserts.
Cependant j'avançais au milieu des décombres ;
Et la seconde nuit me couvrait de ses ombres,
Lorsqu'un simple berger que je n'attendais pas
De lui-même s'offrit pour diriger mes pas.
Je conçois, me dit-il, qu'avec incertitude
Vous marchez égaré dans cette solitude.
Comme à vous, quelquefois, à d'autres étrangers
J'offre, sans intérêts, mes secours passagers.
La guerre a désolé ces superbes contrées ;
Par la flamme et le fer tour-à-tour dévorées,
Sous les coups des bourreaux, dans des tourmens affreux,
Elles ont vu périr nos frères malheureux.
Là mes tristes enfans brûlés dans leur chaumière,
En invoquant le ciel, ont quitté la lumière ;
Ma fille..... (Ah ! pardonnez mes stériles regrets)
A rougi de son sang l'herbe de ces guérets ;
Et ses membres épars, traînés sans sépulture,
Aux corbeaux dévorans ont servi de pâture.

Mais j'abrége un récit qui doit vous accabler.
Avançons.... Le vieillard que je vis se troubler,
Détournant mes esprits du tumulte des armes,
Fit naître dans mon cœur de plus vives alarmes.
Des brigands, me dit-il, que la guerre a vomis,
Remplacent dans ces bois nos anciens ennemis,
Et d'un sol dévasté consommant les ravages,
Des gorges, des vallons occupent les passages.
Malheur aux étrangers surpris dans ces chemins !
Malheur à nos troupeaux qui tombent sous leurs mains !
Jugez de notre sort par les traits qui l'attestent,
Et de nos maux passés par les maux qui nous restent.

De ce berger sensible autant que généreux,
Je plaignais, en secret, les destins rigoureux ;
Ses soupirs mille fois dans mon sein retentirent ;
A la nature, ami, ses douleurs me rendirent.

Au milieu de la nuit le vieillard me guidait.
Mais quel autre tourment près de là m'attendait !
(Faut-il qu'en nos esprits le prestige d'un songe
Pour nous faire souffrir, si long-tems se prolonge !)
Après avoir tourné mille obscurs défilés,
Nous sortons à la fin de ces champs désolés.

D'un phare devant moi la clarté répandue
Me fait d'un long canal mesurer l'étendue.
Je reconnais la Loire. Avec quels doux transports
Je descends des rochers, pour voler sur ses bords !
Mais quel silence affreux ! sous quel aspect sauvage,
Aux yeux qu'il enchantait, s'offre ce beau rivage !
A travers des débris, et sur un sol brûlé,
Les laves d'un volcan semblent avoir coulé.
D'un horrible fléau trouvant par-tout la preuve,
Je marchais tout pensif sur la rive du fleuve,
Quand j'entends de son lit partir des cris perçans
Qui me sont apportés par des flots menaçans.
De la Loire en fureur les vagues courroucées
Sur le sable écumant, par leur poids élancées,
Roulent, en frémissant, des cadavres hideux
Rouillés par le limon qui s'attache autour d'eux.
Ces corps ensevelis dans la nuit éternelle,
De la mort à la vie, une voix les rappelle !
Et par ces ossemens ranimés à mes yeux,
Je m'entends accuser, à la face des cieux !
Je tache de répondre ; et ma langue est glacée.
Une femme vers moi, s'est alors avancée ;

C'était pour, de ses pleurs, arroser mes genoux.

Rends-moi, m'a-t-elle dit, rends-moi mon jeune époux...

Hélas! je l'ai perdu : sa mort fut ton ouvrage ;

Au primtems de ses jours, ton barbare courage

Conduisit mon ami sous le fatal couteau ;

Il sortit de mes bras, pour descendre au tombeau.

Après lui, par le fer, à mon tour immolée ,

De mon sort j'eusse été bien vîte consolée ,

Si dans la même tombe, un bourreau généreux

Eût du moins réuni deux amans malheureux ;

Si j'avais pu mêler, quand on m'y fit descendre,

Et mon sang à son sang et ma cendre à sa cendre.

Long-tems je l'ai cherché dans le séjour des morts ;

Mes cris l'ont vainement appelé sur ces bords.

Pour que vers lui mon cœur vole et se précipite ,

Hélas ! daigne m'apprendre en quels lieux il habite....

Tu gardes le silence, insensible bourreau !

Mais en vain tu prétends, au-delà du tombeau ,

Sur une infortunée étendre ta vengeance ,

Mon supplice finit, lorsque le tien commence.

De mon songe, à ces mots dont je suis si frappé ,

Le prestige importun s'est enfin dissipé.

Mais qu'en dois-je penser ? à mes yeux qu'il éclaire ,
Le ciel fait-il briller un rayon salutaire ?
N'est-ce pas un avis qu'il me donne aujourd'hui ?
N'est-ce pas un bienfait que je reçois de lui ?

N A S I C A.

Telles sont de l'esprit les erreurs ordinaires ,
Qu'il aime à se créer des maux imaginaires ;
Mais je ne combats point ces fantômes trompeurs
Qu'enfantent de la nuit les grossières vapeurs.
Contre le spectre vain qui cause tes alarmes ,
Dans la réflexion tu dois trouver des armes.
Je connais mieux que toi, ce peuple que tu crains.
Ses pleurs, mêlés au sang qui rougissait nos mains ,
Annoncent que pour lui , les meurtres qu'il abhorre
Ne sont point des motifs d'en demander encore.
Quelle fut sa conduite alors que les bourreaux
Furent précipités du haut des échafauds ,
Alors que la patrie , à peine délivrée
Des mains du fier tyran qui l'avaient déchirée,
Aux tigres qui restaient, pardonnant leurs fureurs ,
A des crimes affreux donna le nom d'erreurs ?

Dans le calme on oublie aisément la tempête.

L'homme qui , sous le joug , a vu courber sa tête ,

N'aime à se rappeler les maux qu'il a soufferts ,

Que pour baiser la main qui l'arracha des fers.

C'est à sa liberté qu'il borne la victoire.

Si tu peux en douter , de Rome ouvre l'histoire :

Médite , en frémissant , les forfaits de Sylla ;

Vois les noms des proscrits que son glaive immola.

Sa carrière sanglante à peine était finie

Qu'on le vit abjurer sa propre tyrannie :

Nulle voix cependant n'appella son trépas ;

Et Rome lui sut gré du mal qu'il ne fit pas.

PERPENNA.

D'où vient nous comparer à ces peuples antiques ?

Les Romains n'avaient pas de prêtres fanatiques ,

De zélateurs ardens du trône et des autels ,

Prêts à verser les flots de leurs poisons mortels ,

A mettre leurs poignards dans des mains égarées ,

A pénétrer les cœurs de leurs haines sacrées ,

A ravir au Sénat un légitime amour.

NASICA.

Je reconnais ici le langage du jour ;

Il peut en imposer au crédule vulgaire ;
Mais avec moi, tu sens qu'il ne te convient guère.
Ecoute : nous n'avons rien à dissimuler ;
Les secrets sont à nous, je puis les révéler.
Souvent, pour retenir le sceptre despotique
Du Sénat inquiet l'adroite politique
Soutenant son pouvoir par des ressorts secrets,
Ne trouva de sacré que ses seuls intérêts ;
Et quand il ne les put défendre avec des armes,
Ne l'avons-nous pas vu régner par les alarmes ?
De là vint le système injuste autant qu'affreux
D'accuser de nos torts des êtres malheureux
Que, sans doute, plaindra la France détrompée.
Mais bannis la terreur dont ton ame est frappée ;
Ces prêtres que tu crains, seront moins dangereux
Que nous n'avons été barbares envers eux.
Tu les verras au ciel adresser leurs prières,
Et, contre les méchans, protéger nos chaumières.
Du trône, s'il existe encor des zélateurs
Dont tu craignes pour toi les projets destructeurs,
Souviens-toi que la foudre épargne les campagnes,
Et brise, en mille éclats, les cèdres des montagnes.
Tarquin n'attaqua point l'humble toît de Brutus.

PERPENNA.

Brutus bannit les rois, et ne fit rien de plus.

NASICA.]

Nourris donc tes soucis et ton inquiétude ;
J'irai chercher la paix dans une solitude.
Sous le joug des vertus je saurai me plier,
Et contre les revers m'en faire un bouclier.

www.ingramcontent.com/pod-product-compliance
Lightning Source LLC
Chambersburg PA
CBHW061901080726
47597CB00010BA/4349